MW01250491

Maquette : Chita Lévy

ISBN : 978-2-07-055933-6
Nouvelle extraite de *Désert*
© Éditions Gallimard, 1980, pour le texte
N° d'édition : 155831
Loi n° 49-956 du 16 juillet 1949
sur les publications destinées à la jeunesse
Premier dépôt légal : août 2000
Dépôt légal : septembre 2007
Imprimé en Italie par Zanardi Group

J.M.G. Le Clézio

Balaabilou

illustré par Georges Lemoine

GALLIMARD JEUNESSE

LALLA aime le feu. Il y a toutes sortes de feux, ici, dans la Cité. Il y a les feux du matin, quand les femmes et les petites filles font cuire le repas dans les grandes marmites noires, et que la fumée court le long de la terre, mêlée à la brume de l'aube, juste avant que le soleil apparaisse au-dessus des collines rouges. Il y a les feux d'herbes et de branches, qui brûlent longtemps, tout seuls, presque étouffés, sans flammes. Il y a les feux des braseros, vers la fin de l'après-midi, dans la belle lumière du soleil qui décline, au milieu des reflets de cuivre. La fumée basse rampe comme un long serpent vague, appuyée de maison en maison, jetant des anneaux gris vers la mer. Il y a les feux qu'on allume sous les vieilles boîtes de conserve, pour faire chauffer le goudron, pour boucher les trous des toits et des murs.

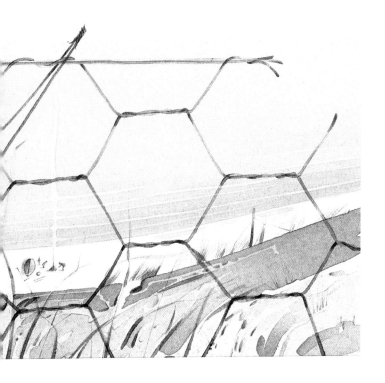

Ici tout le monde aime le feu, surtout les enfants et les vieux. Chaque fois qu'un feu s'allume, ils vont s'asseoir tout autour, accroupis sur leurs talons, et ils regardent les flammes qui dansent avec des yeux vides. Ou bien ils jettent de temps à autre de petites brindilles sèches qui s'embrasent d'un coup en crépitant, et des poignées d'herbes qui se consument en faisant des tourbillons bleutés.

Lalla va s'asseoir dans le sable, au bord de la mer, là où Naman le pêcheur a allumé son grand feu de branches pour chauffer la poix, pour calfater son bateau. C'est vers le soir, l'air est très doux, très tranquille. Le ciel est bleu léger, transparent, sans un nuage.

Au bord de la mer, il y a toujours ces arbres un peu maigres, brûlés par le sel et par le soleil, au feuillage fait de milliers de petites aiguilles gris-bleu. Quand Lalla passe près d'eux, elle cueille une poignée d'aiguilles pour le feu de Naman le pêcheur, et elle en met aussi quelques-unes dans sa bouche, pour mâcher lentement, en marchant. Les aiguilles sont salées, âcres, mais cela se mélange avec l'odeur de la fumée et c'est bien.

Naman fait son feu n'importe où, là où il trouve de grosses branches mortes échouées dans le sable. Il fait un tas avec les branches, et il bourre les creux avec des brindilles sèches qu'il va chercher dans la lande, de l'autre côté des dunes. Il met aussi du varech séché, et des chardons morts. Ça, c'est quand le soleil est encore haut dans le ciel. La sueur coule sur le front et sur les joues du vieil homme. Le sable brûle comme du feu.

Ensuite il allume le feu avec son briquet à amadou, en faisant bien attention à mettre la flamme du côté où il n'y a pas de vent. Naman sait très bien faire le feu, et Lalla

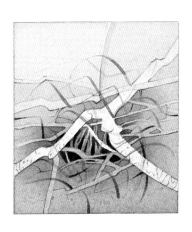

regarde tous ses gestes avec attention, pour apprendre. Il sait choisir l'endroit, ni trop exposé, ni trop abrité, dans le creux des dunes.

Le feu prend et s'éteint deux ou trois fois, mais Naman n'a pas l'air d'y faire attention. Chaque fois que la flamme s'étouffe, il fourrage les brindilles avec sa main, sans craindre de se brûler. Le feu est comme cela, il aime ceux qui n'ont pas peur de lui. Alors la flamme jaillit de nouveau, pas très grande d'abord, on voit juste sa tête qui brille entre les branches, puis d'un coup elle embrase toute la base du foyer, en faisant une grande lumière et en craquant beaucoup.

Quand le feu est fort, Naman le pêcheur dresse au-dessus le trépied de fonte sur lequel il pose la grande marmite de poix. Puis il s'assoit dans le sable, et il regarde le feu, en jetant de temps à autre une brindille que les flammes dévorent aussitôt. Alors les enfants viennent aussi s'asseoir. Ils ont senti

l'odeur de la fumée, et ils sont venus de loin, en courant le long de la plage. Ils poussent des cris, ils s'appellent, ils rient aux éclats, parce que le feu est magique, il donne aux gens l'envie de courir et de crier et de rire. À ce moment-là, les flammes sont bien hautes et claires, elles bougent et craquent, elles dansent, et on voit toutes sortes de choses dans leurs plis. Ce que Lalla aime surtout, c'est à la base du foyer, les tisons très chauds que les flammes enveloppent, et cette couleur brûlante, qui n'a pas de nom, et qui ressemble à la couleur du soleil.

Elle regarde aussi les étincelles qui montent le long de la fumée grise, qui brillent et s'éteignent, qui disparaissent dans le ciel bleu. La nuit, les étincelles sont encore plus belles, pareilles à des nuées d'étoiles filantes.

Les mouches de sable sont venues elles aussi, attirées par l'odeur du varech qui brûle et par l'odeur de la poix chaude, et irritées par les volutes de fumée. Naman ne fait pas attention à elles. Il regarde seulement le feu. De temps à autre, il se lève, il trempe un bâton dans la marmite de poix pour voir si elle est assez chaude, puis il tourne le liquide épais, en clignant des yeux à cause de la fumée qui tourbillonne. Son bateau est à quelques mètres, sur la plage, la quille en l'air, prêt à être calfaté. Le soleil décline vite, maintenant, il s'approche des collines desséchées, de l'autre côté des dunes. L'ombre augmente. Les enfants sont assis sur la plage, serrés les uns contre les autres, et leurs rires diminuent un peu. Lalla

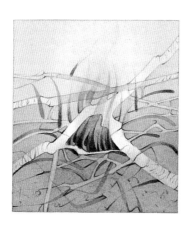

Balaabilou

regarde Naman, elle essaie de voir la lumière claire, couleur d'eau, qui luit dans son regard. Naman la reconnaît, il lui fait un petit signe amical de la main, puis il dit tout de suite, comme si c'était la chose la plus naturelle du monde :

« Est-ce que je t'ai déjà parlé de Balaabilou ? »

Lalla secoue la tête. Elle est heureuse parce que c'est tout à fait le moment d'entendre une histoire, comme cela, sur la plage, en regardant le feu qui fait clapoter la poix dans la marmite, la mer très bleue, en sentant le vent tiède qui bouscule la fumée, avec les mouches et les guêpes qui vrombissent, et pas très loin, le bruit des vagues de la mer qui viennent jusqu'à la vieille barque renversée sur le sable.

« Ah, donc, je ne t'ai jamais raconté l'histoire de Balaabilou ? »

Le vieux Naman se met debout pour regarder la poix qui bout très fort. Il tourne lentement le bâton dans la marmite, et il a l'air de trouver que tout va bien. Alors il donne une vieille casserole au manche brûlé à Lalla.

« Bon, tu vas remplir ça avec de la poix et tu vas me l'apporter là-bas, quand je serai près de la barque. »

Il n'attend pas la réponse et il va s'installer sur la plage à côté de son bateau. Il prépare toutes sortes de pinceaux faits avec des chiffons noués sur des bouts de bois.

« Viens ! »

Lalla remplit la casserole. La poix bouillante fait éclater des petites bulles qui

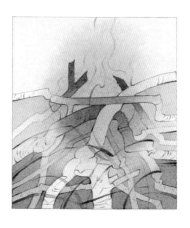

piquent, et la fumée brûle les yeux de Lalla. Mais elle court en tenant la casserole pleine de poix devant elle, à bout de bras. Les enfants la suivent en riant et s'assoient autour de la barque.

« Balaabilou, Balaabilou… »

Le vieux Naman chantonne le nom du rossignol comme s'il cherchait à bien se souvenir de tout ce qu'il y a dans l'histoire. Il trempe les bâtons dans la poix chaude et il commence à peindre la coque de la barque, là où il y a des tampons d'étoupe, entre les jointures des planches.

« C'était il y a très longtemps, dit Naman ; ça s'est passé dans un temps que ni moi, ni mon père, ni même mon grand-père n'avons connu, mais pourtant on se rappelle bien ce qui s'est passé. En ce temps-là, il n'y avait pas les mêmes gens que maintenant, et on ne connaissait pas les Romains, ni tout ce qui vient des autres pays. C'est pourquoi il y avait encore des djinns, en ce temps-là, parce que personne ne les avait chassés. Donc, en ce temps-là, il y avait dans une grande ville de l'Orient un émir puissant qui n'avait pour enfant qu'une fille, nommée Leila, la Nuit. L'émir aimait sa fille plus que tout au monde, et c'était la plus belle fille du royaume, la plus douce, la plus sage, et on lui avait promis tout le bonheur du monde… »

Le soir descend lentement dans le ciel, il fait le bleu de la mer plus sombre, et l'écume des vagues semble encore plus blanche. Le vieux Naman plonge régulièrement ses pinceaux dans la casserole de poix et les passe en les roulant un peu le long des rainures garnies d'étoupe. Le liquide brûlant pénètre dans les interstices, dégouline sur le sable de la plage. Tous les enfants et Lalla regardent les mains de Naman.

« Alors il est arrivé quelque chose de terrible dans ce royaume, continue Naman. Il est arrivé une grande sécheresse, un fléau de Dieu sur tout le royaume, et il n'y avait plus d'eau dans les rivières, ni dans les

réservoirs, et tout le monde mourait de soif, les arbres et les plantes d'abord, puis les troupeaux de bêtes, les moutons, les chevaux, les chameaux, les oiseaux, et enfin les hommes, qui mouraient de soif dans les champs, au bord des routes, c'était une chose terrible à voir, et c'est pour cela qu'on s'en souvient encore… »

Les mouches plates viennent, elles se posent sur les lèvres des enfants, elles vrombissent à leurs oreilles. C'est l'odeur âcre de la poix qui les enivre, et la fumée aux lourdes volutes qui tourbillonne entre les dunes. Il y a des guêpes aussi, mais personne ne les chasse, parce que quand le vieux Naman raconte une histoire, c'est comme si elles devenaient un peu magiques, elles aussi, des sortes de djinns.

« L'émir de ce royaume était triste, et il a fait convoquer les sages pour prendre leur conseil, mais personne ne savait comment faire pour arrêter la sécheresse. Alors est venu un voyageur étranger, un Égyptien, qui savait la magie. L'émir l'a convoqué aussi, et lui a demandé de faire cesser la malédiction sur le royaume. L'Égyptien a regardé dans une tache d'encre, et voici qu'il a eu peur tout à coup, il s'est mis à trembler et a refusé de parler. Parle ! disait l'émir, parle, et je ferai de toi l'homme le plus riche de ce royaume. Mais l'étranger refusait de parler. Seigneur, disait-il en se mettant à genoux, laisse-moi partir, ne me demande pas de te révéler ce secret. »

Quand Naman s'arrête de parler pour plonger ses pinceaux dans la casserole, les enfants et Lalla n'osent presque plus respirer. Ils écoutent les craquements du feu et le bruit de la poix qui bout dans la marmite.

« Alors l'émir s'est mis en colère et il a dit à l'Égyptien : parle, ou c'en est fait de toi. Et les bourreaux s'emparaient de lui et sortaient déjà leurs sabres pour lui couper la tête. Alors l'étranger a crié : arrête ! Je vais te dire le secret de la malédiction. Mais sache que tu es maudit ! »

Le vieux Naman a une façon très particulière de dire, lentement : *Mlaaoune*, maudit de Dieu, qui fait frissonner les enfants. Il s'interrompt un instant, pour passer ce qui reste de poix dans la casserole. Puis il la tend à Lalla, sans dire un mot, et elle doit courir jusqu'au feu pour la remplir avec de la poix bouillante. Heureusement, il attend qu'elle revienne pour continuer l'histoire.

« Alors l'Égyptien a dit à l'émir : n'as-tu pas fait punir autrefois un homme, pour avoir volé de l'or à un marchand ? Oui, je l'ai fait, a dit l'émir, parce que c'était un voleur. Sache que cet homme était innocent, a dit alors l'Égyptien, et faussement accusé, et qu'il t'a maudit, et c'est lui qui a envoyé cette sécheresse, car il est l'allié des esprits et des démons. »

Quand le soir vient, comme cela, sur la plage, tandis qu'on entend la voix grave du vieux Naman, c'est un peu comme si le temps n'existait plus, ou comme s'il était revenu en arrière, à un autre temps, très long et doux et Lalla aimerait bien que l'histoire de Naman ne finisse jamais, même si elle devait durer des jours et des nuits, et qu'elle et les autres enfants s'endormaient, et quand ils se réveilleraient, ils seraient encore là à écouter la voix de Naman.

« Que faut-il faire pour arrêter cette malédiction, demanda l'émir, et l'Égyptien le

regarda droit dans les yeux : sache qu'il n'y a qu'un seul remède, et je vais te le dire puisque tu m'as demandé de te le révéler. Il faut que tu sacrifies ta fille unique, celle que tu aimes plus que tout au monde. Va, donne-la en pâture aux bêtes sauvages de la forêt, et la sécheresse qui frappe ton pays s'arrêtera. Alors l'émir s'est mis à pleurer, et à crier de douleur et de colère, mais comme il était homme de bien, il a laissé l'Égyptien partir librement. Quand les gens du pays ont appris cela, ils ont pleuré aussi, car ils aimaient Leila, la fille de leur roi.

Mais il fallait que ce sacrifice se fasse, et l'émir a décidé de conduire sa fille dans la forêt, pour la donner en pâture aux bêtes sauvages. Pourtant il y avait dans le pays un jeune homme qui aimait Leila plus que les autres, et il était décidé à la sauver. Il avait hérité d'un parent magicien un anneau qui donnait à celui qui le possédait le pouvoir d'être transformé en animal, mais jamais il ne pourrait retrouver sa forme première, et il serait immortel. La nuit du sacrifice est arrivée, et l'émir est parti dans la forêt, accompagné de sa fille… »

L'air est lisse et pur, Lalla regarde le plus loin qu'elle peut, comme si elle était changée en mouette, et qu'elle volait droit devant elle au-dessus de la mer.

« L'émir est arrivé au milieu de la forêt, il a fait descendre sa fille de cheval et il l'a attachée à un arbre. Puis il est parti pleurant de douleur, car on entendait déjà les cris des bêtes féroces qui s'approchaient de leur victime… »

Le bruit des vagues sur la plage est plus net par instants, comme si la mer arrivait. Mais c'est seulement le vent qui souffle, et quand il se love au creux des dunes, il fait jaillir des trombes de sable qui se mêlent à la fumée.

« Dans la forêt, attachée à l'arbre, la pauvre Leila tremblait de peur, et elle appelait son père au secours, parce qu'elle n'avait pas le courage de mourir ainsi, dévorée par les bêtes sauvages… Déjà un loup de grande taille s'approchait d'elle, et elle voyait ses yeux briller comme des flammes dans la nuit. Alors tout d'un coup, dans la forêt, on a entendu une musique. C'était une musique si belle et si pure que Leila a cessé d'avoir peur, et que toutes les bêtes de la forêt se sont arrêtées pour l'écouter… »

Les mains du vieux Naman prennent les pinceaux, l'un après l'autre, et les font glisser en tournant le long de la coque du bateau. Ce sont elles aussi que Lalla et les

enfants regardent, comme si elles racontaient une histoire.

« La musique céleste résonnait dans toute la forêt ; et en l'écoutant, les bêtes sauvages se couchaient par terre, et elles devenaient douces comme des agneaux, parce que le chant qui venait du ciel les retournait, troublait leur âme. Leila aussi écoutait la musique avec ravissement, et bientôt ses liens se sont défaits d'eux-mêmes, et elle s'est mise à marcher dans la forêt, et partout où elle allait, le musicien invisible était au-dessus d'elle, caché dans le feuillage des

arbres. Et les bêtes sauvages étaient couchées le long du chemin, et elles léchaient les mains de la princesse, sans lui faire le moindre mal… »

L'air est si transparent maintenant, la lumière si douce, qu'on croit être dans un autre monde.

« Alors Leila est revenue au matin vers la maison de son père, après avoir marché toute la nuit, et la musique l'avait accompagnée jusque devant les portes du palais. Quand les gens ont vu cela, ils ont été très heureux, parce qu'ils aimaient beaucoup la princesse. Et personne n'a fait attention à un petit oiseau qui volait discrètement de branche en branche. Et le matin même, la pluie a commencé à tomber sur la terre… »

Naman s'arrête de peindre un instant : les enfants et Lalla regardent son visage de cuivre où brillent ses yeux verts. Mais personne ne pose de question, personne ne dit un mot pour savoir.

« Et sous la pluie, l'oiseau Balaabilou chantait toujours, parce que c'était lui qui avait apporté la vie sauve à la princesse qu'il aimait. Et comme il ne pouvait plus reprendre sa forme première, il est venu chaque nuit se poser sur la branche d'un arbre, près de la fenêtre de Leila, et il lui a chanté sa belle musique. On dit même, qu'après sa mort, la princesse a été changée en oiseau, elle aussi, et qu'elle a pu rejoindre Balaabilou, et chanter éternelle-ment avec lui, dans les forêts et les jar-dins. »

Quand l'histoire est finie, Naman ne dit plus rien. Il continue à soigner sa barque, en roulant les pinceaux de poix le long de la coque. La lumière décline, parce que le soleil glisse de l'autre côté de l'horizon. Le ciel devient très jaune, et un peu vert, les collines semblent découpées dans du papier goudronné. La fumée du brasier est fine, légère, elle s'aperçoit à peine à contre-jour, comme la fumée d'une seule cigarette.

Les enfants s'en vont, les uns après les autres. Lalla reste seule avec le vieux Naman. Lui termine son travail sans rien dire. Puis il s'en va à son tour, en marchant lentement le long de la plage, emportant ses pinceaux et la casserole de poix. Alors il ne reste plus, auprès de Lalla, que le feu qui

s'éteint. L'ombre gagne vite la profondeur du ciel, tout le bleu intense du jour qui devient peu à peu noir de nuit. La mer s'apaise, à cet instant-là, on ne sait pourquoi. Les vagues tombent, toutes molles, sur le sable de la plage, allongent leurs nappes d'écume mauve. Les premières

chauves-souris commencent à zigzaguer au-dessus de la mer, à la recherche d'insectes. Il y a quelques moustiques, quelques papillons gris égarés.

Lalla écoute au loin le cri étouffé de l'engoulevent. Dans le brasier, seules quelques braises rouges continuent à brûler, sans flamme ni fumée, comme de drôles de bêtes palpitantes cachées au milieu des cendres. Quand la dernière braise s'éteint, après avoir brillé plus fort pendant quelques secondes, comme une étoile qui meurt, Lalla se lève et s'en va.

J.M.G. Le Clézio est né à Nice, en 1940.
Enfant, il voulait devenir marin, et c'est au cours
d'une traversée entre Bordeaux et le Nigéria
qu'il écrit son premier livre. Il fait des études
de lettres à Nice et devient docteur ès lettres.
Grand voyageur, il réside aujourd'hui la moitié
de l'année au Mexique et l'autre moitié tout près
du port de Nice. Il est auteur d'une trentaine
d'ouvrages. Son premier roman, *Le Procès-verbal*
(1963), a obtenu le prix Renaudot et, en 1980,
il a reçu le grand prix Paul Morand pour son roman
Désert où figure l'histoire que vous venez de lire.
Aux Éditions Gallimard Jeunesse ont déjà paru
Voyage au pays des arbres (Folio Cadet), *Lullaby*,
Celui qui n'avait jamais vu la mer, *Villa Aurore*,
Pawana (Folio Junior).

Né à Rouen en 1935, **Georges Lemoine** fait
des études d'arts graphiques à Paris puis à Rabat,
au Maroc. Il travaille pour la publicité, la presse
et l'édition. Il expose régulièrement ses aquarelles
et ses dessins dans les galeries d'art. Les contes et
la poésie lui conviennent à merveille car il possède
l'art de suggérer, d'évoquer et de créer un univers en
contrepoint. Il a illustré de nombreux ouvrages de
grands auteurs dont il se sent proche : Claude Roy,
J.M.G. Le Clézio, Oscar Wilde, Jacques Roubaud…